· 中国现代经典新诗集汇校本丛书 ·

梦家诗集

陈梦家 著

向阿红 汇校

金宏宇 易彬 主编

长江出版传媒 长江文艺出版社

图书在版编目（CIP）数据

梦家诗集 / 陈梦家著；向阿红汇校. -- 武汉 ： 长
江文艺出版社，2024. 12. -- （中国现代经典新诗集汇校
本丛书 / 金宏宇，易彬主编）. -- ISBN 978-7-5702
-3787-6

Ⅰ. Ⅰ226

中国国家版本馆 CIP 数据核字第 20245SR028 号

梦家诗集

MENGJIA SHIJI

责任编辑：高田宏   责任校对：程华清

封面设计：胡冰倩   责任印制：邱 莉 丁 涛

出版：长江出版传媒 长江文艺出版社

地址：武汉市雄楚大街 268 号   邮编：430070

发行：长江文艺出版社

http://www.cjlap.com

印刷：中印南方印刷有限公司

开本：640 毫米×960 毫米   1/16   印张：7.5

版次：2024 年 12 月第 1 版   2024 年 12 月第 1 次印刷

行数：2645 行

定价：24.00 元

汇校说明

　　陈梦家不到二十岁就出版了自己的第一本新诗集《梦家诗集》，并在文坛上具有了一定的影响力。在现代文学史上，他与闻一多、徐志摩和朱湘并称为新月派四大诗人。遗憾的是，他的诗歌生涯仅七八年的时间。后来，在闻一多先生的指导下，陈梦家于1936年秋脱离了诗坛，从此全力专注于中国文字学、古文化史的研究，俨然从一个诗人转变成了一个学者。在这七八年的时间里，他为中国新诗坛留下了4本新诗集：《梦家诗集》（1931年）、《在前线》（1932年）、《铁马集》（1934年）以及《梦家存诗》（1936年）。《梦家诗集》作为陈梦家的成名诗集，多次再版，在新诗和整个现代文学的发展史上占有重要的地位，至今还有着深远的影响。这个汇校本，希望能对《梦家诗集》和陈梦家整个文学创作的研究有所裨益。

　　一、《梦家诗集》的版本较多，作者的改动也较大，主要有以下几种。

　　（1）初版本。1931年1月由新月书店出版，徐志摩题签。《梦家诗集》初版本收作者于1929年至1931年期间创作的新诗作品40首，共分为四卷，每卷收诗分别为12首、16首、8首、4首，正文前有一篇序诗。

（2）再版。1931年7月由新月书店再版（再版本目前无法找到，出版时间与出版社尚有争议）。

（3）三版本。1933年3月由新月书店出版。三版本改动较大，分为五卷，在初版本基础上删诗3首，分别为《心事》《神威》《一幕悲剧》；增加诗作16首，其中13首别为一卷，即《第五卷　留给文黛》，分别为《白马湖》《城上的星》《供》《太湖之夜》《摇船夜歌》《女人摩西的杖》《铁路上》《沙漠的歌》《五月》《初夏某夜》《嘤嘤雨节》《告诉文黛》《潘彼得的梦》，另外三首为《给薇》（置于第一卷）、《露天的舞踊》（置于第二卷）、《只是轻烟》（置于第二卷）。目录页第五卷中列出的是12首诗作，但在正文中第五卷共有13首诗作，在《白马湖》和《供》之间还有一首《城上的星》，该诗标题在目录页中未列出。另外，三版正文前删去了序诗，增加了一篇《再版自序》。版权页上出版者一栏写有"邵浩文"的名字。"邵浩文"即邵洵美。大约应在1931年4月底5月初，邵洵美到新月书店任经理。自从邵洵美当上"新月"经理后，从《新月》第四卷第二期起，版权页上就多了"发行人邵浩文"和"印刷所时代铅印部"字样。同时期新月版的图书版权页，也多了"出版者邵浩文"的字样。

（4）影印本。1987年9月上海书店出版《梦家诗集》的影印本，据1933年3月新月书店第三版影印，列入"中国现代文学史参考资料"系列丛书。

（5）浙江文艺本。1997年5月由浙江文艺出版社出版，与《铁马集》《在前线》合为一集，仍冠以书名《梦家诗集》，列入"中国新诗经典系列丛书"。此版以三版本为底本，但少了《女人摩西的杖》这首诗。

（6）人文本。2000年1月由人民文学出版社出版，列入"新文学碑林系列丛书"。

二、本书以《梦家诗集》1931年1月初版本为底本，以1933年3月三版本为校本进行校勘。体例如下：

（1）凡文本中有字、词改动者，用引号摘出底本正文，并将其他版本中改动之处校录于后。凡整句有改动者，校文中则不摘出底本正文，以"此句……"代替。凡整篇有改动极大者，校文中直接附各版本全篇修改稿。

（2）校号①②③……一般都标在所校之文末。汇校部分一律采用脚注的形式，并且每页重新编号。

（3）初版本中部分诗歌未结集之前，已在当时发表于各种报刊上，这些发表过的作品在本汇校本中统称为"初刊本"。这些初刊本与结集之后的版本多有出入，因此在进行版本汇校时，将初刊本也纳入汇校中。

三、校勘之事，往往事倍而功半，虽然细心、耐心，亦难免窜误、遗漏。不足、错误之处祈请读者批评指正。

发表篇目统计表

篇目	发表刊物
《那一晚》	《新月》1929 年第 2 卷第 8 期，第 91 页。
《都市的颂歌》	《新月》1930 年第 3 卷第 3 期，第 122—124 页。
《露水的早晨》	《新月》1930 年第 2 卷第 12 期，第 100 页。
《只是轻烟》	《新月》1930 年第 3 卷第 4 期，第 80 页。
《供》	《新月》1930 年第 3 卷第 7 期，第 133—134 页。
《寄万里洞的亲人》	《新月》1930 年第 2 卷第 12 期，第 101—102 页。
《告诉文黛》	《诗刊》1931 年第 3 期，第 74—75 页。
《铁路上》	《新月》1931 年第 3 卷第 9 期，第 76 页。
《太湖之夜》	《诗刊》1931 年第 2 期，第 32—33 页。
《五月》	《诗刊》1931 年第 3 期，第 73 页。
《摇船夜歌》	《诗刊》1931 年第 2 期，第 30—31 页。
《女人摩西的杖》	《诗刊》1931 年第 2 期，第 34—35 页。初刊本标题为《女人，摩西的杖》。

（续表）

篇目	发表刊物
《潘彼得的梦》	《诗刊》1931 年第 3 期，第 76—77 页。
《迟疑》	《新月》1929 年第 2 卷第 9 期，第 78 页。
《你尽管》	《新月》1929 年第 2 卷第 9 期，第 78 页。
《一朵野花》	初刊于《新月》1929 年第 2 卷第 9 期，第 77 页。再刊于《国立中央大学半月刊》1930 年第 1 卷第 7 期，第 1142 页。
《为了你》	《新月》1929 年第 2 卷第 9 期，第 77—78 页。
《秦淮河的鬼哭》	《国立中央大学半月刊》1930 年第 1 卷第 7 期，第 1126—1127 页。
《葬歌》	《国立中央大学半月刊》1930 年第 1 卷第 7 期，第 1126 页。
《马号》	《国立中央大学半月刊》1930 年第 1 卷第 7 期，第 1127 页。
《沙漠的歌》	《新时代》1932 年第 3 卷第 1 期，第 154 页。
《城上的星》	《文艺月刊》1931 年第 2 卷第 2 期，第 38 页。
《白马湖》	《文艺月刊》1931 年第 2 卷第 2 期，第 38 页。
《悔与回》	《诗刊》1931 年第 1 期，第 33—41 页。
《再看见你》	《新月》1930 年第 3 卷第 4 期，第 78—80 页。

（续表）

篇目	发表刊物
《雁子》	《诗刊》1931 年第 1 期，第 21—22 页。
《西行歌》	《诗刊》1931 年第 1 期，第 26 页。
《你爱》	《现代学生（上海 1930）》1931 年第 1 卷第 4 期，第 3—4 页。初刊本标题为《无题》。
《嘤嘤雨节》	《诗刊》1931 年第 3 期，第 72 页。

汇校版本书影

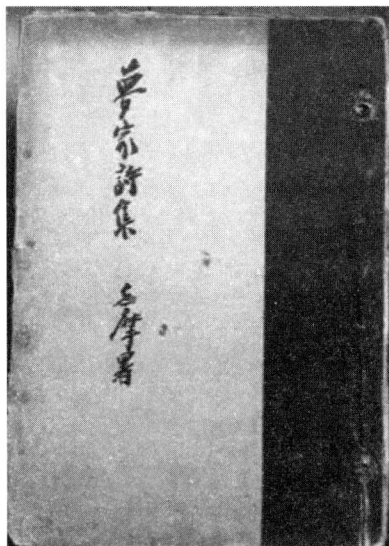

1931年1月《梦家诗集》初版本
新月书店出版

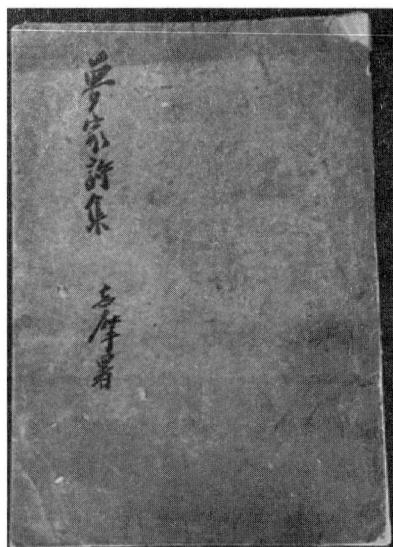

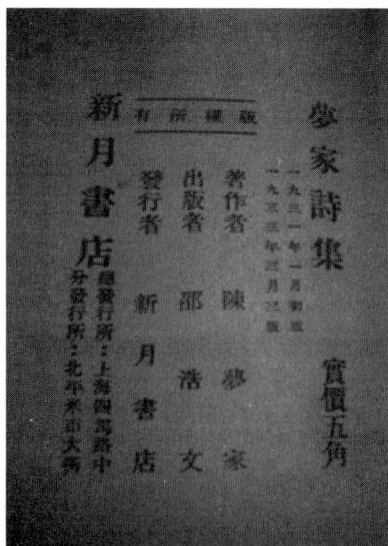

1933年3月《梦家诗集》三版本
新月书店出版

目　录

第二卷　三月

第三卷　雁子的歌

第四卷　长歌

第五卷　　留给文黛

序诗

我走遍栖霞

只看见一片枫叶；

从青天摘下

一条世界的定律。

尽管有我们

自己梦想的世界；

但总要安分，

"自然"是真的主宰。

人生是条路，

没有例外，没有变——

无穷的长途

总有完了的一天。

十九年十一月南京小营三〇四

再版自序

我常常感到自己的空虚，好像再没有理由往下写诗，长期的变换多离奇的生活，才是一首真实的诗。每一回我想搁笔不再写一行诗，我真耐不住这玩艺儿再来烦扰我，这多少对于自己的心尽了挑拨的残忍！但是十分可感激的朋友如许鼓励我，也不计较我的年纪的小，怂恿我，时常为着他们好心的撩拨写些不成器的诗，我真悔。

我总是一片不愉快的阴天的云，永远望不见一条太阳光的美丽；我也如常人一样企望着更伟大更鲜明的颜色或是声音的出现，给人一点灵魂上的战栗，但是我不能免于一粒平庸沙子梦想变成一粒黄金的荒唐，我是无能为好的。

人，都有他梦想中的天堂，指盼的方向。但是我没有。对于自己，更其对于世界，我不曾摸索到一点更显然的明瞭；像一路风，我找不着自己的地方，在一流小河，一片叶子，和一架风车上我听见那些东西美丽和谐的声音，但从来没有寻到自己的歌。

我想打这时候起不该再容许我自己在没有着落的虚幻中推敲了，我要开始从事于在沉默里仔细观看这世界，不再无益的表现我的穷乏。因此这集诗就算作二十年的不可清算的糊涂，让它渐渐在人的记忆中忘掉罢。

二十年六月黄梅雨，记于小营楼上

又：再版另加二十年春至夏所作

诗十二首，别为一卷。

第一卷　自己的歌

一朵野花 ①

一朵野花在荒原里开了又落了，
不想到这小生命，向着太阳发笑，
上帝给他的聪明他自己知道，
他的欢喜，他的诗，在风前轻摇。

一朵野花在荒原里开了又落了，
他看见青天，看不见自己的渺小，
听惯风的温柔，听惯风的怒号，
就连他自己的 ② 梦也容易忘掉。

---

① 此诗初刊于《新月》1929 年第 2 卷第 9 期，第 77 页。再刊于《国立中央大学半月刊》1930 年
第 1 卷第 7 期，第 1142 页，发表时作者署名均为陈漫哉。《新月》版及 1933 年版与初版本相同。
② 《国立中央大学半月刊》版无"的"。

自己的歌 ①

我挝碎了我的心胸掏出一串歌——
血红的酒里渗着深毒的花朵。
除掉我自己，我从来不曾埋怨过
那苍天——苍天也有它不赦的错。

要说人根本就没有一条好的心，
从他会掉泪，便学着藏起真情；
这原是苍天的错，捏成了人的罪，
一万遍的谎话挂着十万行的泪。

我赞扬过苍天，苍天反要讥笑我，
生命原是点燃了不永明的火，
还要套上那铜钱的枷，肉的迷阵，
我摔起两条腿盲从那豆火的灯。

挤在命运的磨盘里再不敢作声，

---

① 1933 年版与初版本相同。

有谁挺出身子挡住掌磨的人？
黑层层的烟灰下无数双的粗手，
捽出自己的血甘心酿别人的酒。

年青人早已忘记了自己的聪明，
在爱的戏台上不拣角色调情；
那儿有个司幕的人看得最清楚，
世上那会有一场演不完的糊涂？

我们纤了自己的船在沙石上走，
永远的搁浅，一天重一天——肩头，
等起了狂风逆吹着船，支不住腿，
终是用尽了力，感谢天，受完了罪。

在世界的谜里做了上帝的玩偶，
最痛恨自己知道是一条刍狗；
我们生，我们死，我们全不曾想到，
一回青春，一回笑，也不值得骄傲。

我是侥幸还留存着这一丝灵魂，
吊我自己的丧，哭出一腔哀声；
那忘了自己的人都要不幸迷住
在跟别人的哭笑里再不会清苏。

我像在梦里还死抓着一把空想：
有人会听见我歌的半分声响。
但这终久是像骆驼往针眼里钻，
只有让这歌在自己的心上回转。

我挝碎了我的心胸掏出一串歌——
血红的酒里渗着深毒的花朵。
一遍两遍把这歌在我心上穿过。
是我自己的歌，从来不曾离开我。

有一天 ①

有一天，或许有那一天，
你说，杀我再莫要留连；
好，我走，到天涯去漂流，
我晓得，爱原不会长久。

有一天，或许有那一天，
你我揣着手同到海边；
不是？海里面更要清闲，
永静的生，在我俩中间。

①1933 年版与初版本相同。

迟疑①

在黑暗中，你牵住了我的手，
迟疑着，你停住② 我也不走；
说不出的话③ 哽在我的咽喉，④
轻轻⑤ 风，吹得我微微的抖。

有一阵气⑥ 轻轻透过你的口，
飘过我的身子，我的心头；
我心想⑦ 留住这刹那的时候，
但这终于过去，不曾停留。

---

① 此诗发表于《新月》1929年第2卷第9期，第78页，发表时作者署名为陈漫哉。1933年版与初版本相同。
② 初刊本"停住"为"停着"。
③ 初刊本此处有","。
④ 初刊本","为"。"。
⑤ 初刊本"轻轻"为"轻的"。
⑥ 初刊本此处有","。
⑦ 初刊本"心想"为"盼望"。

你尽管 ①

你尽管怨恨：②

　　怨恨我颠狂的放任。

我没有美丽，没有天份，

只剩了这 ③ 穷困的一身。

我抛下幸福去寻忧闷，④

自己关上了快乐的门。

我只是容忍：⑤

　　容忍你无邪的怨恨。

我存着 ⑥ 妄想：当我 ⑦ 生命

走尽时 ⑧，我闭上了眼睛——

---

① 此诗发表于《新月》1929 年第 2 卷第 9 期，第 78 页，发表时作者署名为陈漫哉。1933 年版与初版本相同。

② 初刊本此处无标点。

③ 初刊本 "只剩了这" 为 "只是这样"。

④ 初刊本此句为 "我遗弃幸福，自寻忧闷，"。

⑤ 初刊本此处无标点。

⑥ 初刊本 "我存着" 为 "但我有个"。

⑦ 初刊本无 "我"。

⑧ 初刊本 "时" 为 "了"。

那时候你才^① 说你爱我，

这一生也^② 不曾虚度过。

---

① 初刊本"才"为"会"。
② 初刊本"也"为"便"。

为了你①

为了你，我再没有眼泪可流②，

天真也唤不回自己的心头。③

最难想秋风里无依的飘零，

那时候：你是流云，我是孤星。④

————————

① 此诗发表于《新月》1929 年第 2 卷第 9 期，第 77—78 页，发表时作者署名为陈漫哉。1933 年版与初版本相同。

② 初刊本"我再没有眼泪可流"为"我的眼泪已经流尽"。

③ 初刊本此句为"无辜的摧残了自己一颗心。"。

④ 初刊本此句为"天无情，你是流云我是孤星。"。初刊本此句下面还有一小节：

为了你，我的言语已经说了，

无用半句话在你面前分晓。

横竖这些剖白枉然是空费，

这些事，原说不清谁是谁非。

那一晚 ①

那一晚天上有云彩 ② 没有星，

你挽了我的手 ③ 牵动我的心。

天晓得我不敢说我爱你 ④，

为了我是那样年青。

那一晚你同我在黑巷里走，

肩靠肩，你的手牵住 ⑤ 我的手。

天晓得我不敢 ⑥ 说我爱你 ⑦，

把这句话压 ⑧ 在心头。

那一晚天那样暗 ⑨ 人那样静，

---

① 此诗发表于《新月》1929 年第 2 卷第 8 期，第 91 页。1933 年版与初版本相同。

② 初刊本此处有"，"。

③ 初刊本此处有"，"。

④ 初刊本"我爱你"有双引号。

⑤ 初刊本"牵住"为"挽住"。

⑥ 初刊本"敢"为"曾"。

⑦ 初刊本"我爱你"有双引号。

⑧ 初刊本"压"为"藏"。

⑨ 初刊本此处有"，"。

只有我和你身偎身那样近。①
天晓得我不敢②说我爱你③，
平不了这乱跳的心。④

那一晚是一生难忘的错恨，
上帝偷取⑤了年青人的灵魂。
如今我一万声说我爱你⑥，
却难再⑦挨近你的身。

---

① 初刊本此句为"我的身偎着你的身那样近。"
② 初刊本"敢"为"曾"。
③ 初刊本"我爱你"有双引号。
④ 初刊本此句为"只放任我乱跳的心。"。
⑤ 初刊本"取"为"去"。
⑥ 初刊本"我爱你"有双引号。
⑦ 初刊本"难再"为"再难"。

叛誓 ①

我真又是走上更坏的恶运，
为什么碰见了你这般多情；
只是我曾经爱过她，在从前
我发誓说爱她像天样久远。

如今这件事教我要怎样辨，
横竖一颗心也分不开两半，
要爱了你，那还有什么忠信，
不爱你，瞧，狂火的一团热情。

但这分明爱她的事在昨天，
今朝她忘了我像隔别多年；
算了，剩下的心从不曾坏透，
看着自己的影子也够发抖。

我这样怯懦地走在你跟前，

①1933 年版与初版本相同。

谁知道我的心，只有那青天；

这过错不在我，我爱过的人

她的谎话重新说出第二声。

心事①

一年来的事情，想起你
曾经把我的心摔成了泥，
这苦恼怪得我自己，
为什么不早把你忘记。

一件小的过错，我把你
看成一朵好花落在泥地，
这早晚要化成烂泥，
让尘灰沾着你的身体。

一口心的清水，再不能，
养活那落花早已脱了根，
经不起细雨再是风
穿破你不曾了的好梦。

①1933 年版删除此诗。

夜 ①

我顶爱没有星那时的黑暗，
没有月亮的影子爬上栏杆；
姑娘，这时候快蹑进这门槛，
悄悄地挨近我可不要慌张，
让黑暗拥抱着只露出心坎。

挂着你流的眼泪不许揩干，
透过那一层小青天朝我看；
姑娘，你胆小，这时候你该敢
说出那一句话，从你的心坎——
没有人听见，也没有人偷看。

乘着太阳还徘徊在山背后，
门前瞌睡着那条偷懒的狗；
姑娘，你快走，丢下你的心走，
不要记得，这件事像不曾有，
好比一场梦，——你多喝了酒。

①1933 年版与初版本相同。

露之晨 ①

我悄悄地绕过那条小路，

不敢碰落一颗光亮的露；

② 是一阵温柔的风吹过，

　　　　不是我，不是我！

我暗暗地藏起那串心跳，

不敢放出一只希望的鸟；

③ 是一阵温柔的风吹过，

　　　　不是我，不是我！

我不该独自在这里徘徊，

花藤上昨夜是谁扎了彩；

　　　这该是为别人安排。

---

① 此诗发表于《新月》1930 年第 2 卷第 12 期，第 100 页。初刊本标题为《露水的早晨》，诗末有写作时间地点，为"十九年四月之末，某庵。"1933 年版与初版本相同。

② 初刊本此处有"那"。

③ 初刊本此处有"那"。

我穿过冬青树轻轻走①开，

让杨柳丝把我身子遮盖；

这该是为别人安排。

①初刊本"走"为"离"。

歌 ①

我不能想起这从那一天起，
只说着了迷，我情愿为你死；
我想你，白天晚上我望着你，
一朵枯花总得望着太阳笑
　　　　谁知道就要变泥。

就是要我变成影子也情愿，
只要我常贴紧在你的身边，
猖獗的妄想要我永跟着你，
直等到天光摸不着一线路
　　　　爬进你深的墓底。

那些日子我们埋怨过太阳，
全十分心焦地等夜的降临，
悄悄蹑着躲进黑密的树林，
严肃的空漠中点着两炷火——

---

① 1933 年版与初版本相同。

你我睇视的眼睛。

那一次我们不曾惊跳了心
看见黑处的人影，飞的流萤？
要求昏暗露不出一点身影，
只有你听见我听见心的跳，
　　"乖！"快来贴偎得紧。

让一点昏迷麻醉两条舌尖，
闭紧着眼睛给雾气蒙着脸；
灵魂撕成一片片飞腾上天。
你听树后面有低声的响动，
　　"别怕，我在你跟前。"

有一次我们叩过魔鬼的门，
吹灭了自己点明的两盏灯；
黑暗惊透我的心窍，那一瞬
我们跳过一渡桥两边逃开，
　　——默念着天上的神。

"短促"像阵风吹落幸福的彩，
揉清迷眼背后早扬起尘埃；
燕子尾掠过水面你能招怪

一圈细波流散不再有止境？
　　　　这说谁算是轻快。

不用赌咒好听说怎么"永久，"
一刹那的昏迷就够我消受。
倘使我落在井里我不呼救，
你不用放下一根绳索打捞，
　　　　（尽管撒一把石头。）

孩子的梦只是玩戏的水泡，
两个小仙张开白翅膀赛跑；
在云端里一个遥远的拥抱，
依然是温柔，曾不料到永别——
　　　　晴天来一阵雷雹。

我不能再说一句销魂：我要！
比自己是一枝萎弱的小草，
露珠一眨眼给我最后的笑，
我凭什么道理和太阳翻脸，
　　　　让她去，我是渺小！

第二卷　三月

三月①

最温柔那三月的风，
扯响了催眠的金钟，
一杯浓郁的酒，你喝——
这睡不醒三月的梦。

最温柔那三月的梦，
挂住了懒人的天弓，
一天神怪的箭，你瞧——
飞满小星点的碧空。

①1933年版与初版本相同。

星①

夜夜你只瞅着我，
像是有一句话要讲——
你不说，怕人听错，
只容人自己去想。

果然日子快过马，
一生该只学一个乖：
不用去提，那句话
该给他自己去猜。

———————————

① 1933 年版与初版本相同。

一句话 ①

从小到眼花，
你得常想一句话：
起初是爱它比海还深，
过后就变恨。

一句话你听，
分明有两个声音：
雨样的季候在心头变——
阳春和冬天。

无题

细数转过的十二个月亮，
在幸运的轮上变了模样。

时光紧凑的飞像一只鸟，
从翅膀下透出一串冷笑。

我把心口上 ① 的火压住灰，
奔驰的妄想堵一道堡垒。

也许下一回月亮的底下，
野草盖黄土做了我的家。

---

① 1933 年版 "心口上" 为 "心坎里"。

寄万里洞的亲人 ①

那一天吴松江的潮水带了你走，
在凄凉的海风里隐没了你的手；
大海的伤悲要撞碎了我的胸口，
我的心，我的泪，一齐跟了海水流。

你的影子飘落在热风的碧里墩，②
白日和黑夜飞迸着狂乱的涛声；
望不见云海的深处渺茫的远东，
你徘徊在荒漠的孤岛，海与碧空！

碧空和海不能告诉你祖国的话，
东印度的小岛上认不识一朵花；
你记得罢！每夜望一望东方的星，
千万里外星子下也有一双眼睛！

---

① 此诗发表于《新月》1930年第2卷第12期，第101—102页。初版本内容与初刊本相同，但初刊本诗末有写作时间及地点，为"十九年三月黄花节，大石桥。"。1933年版与初版本相同。

② 初刊本此处无标点。

古先耶稣告诉人

古先耶稣告诉人：你们要忍耐，
存着希望的心，只静静的等待；
　漫漫的长夜原接着一片曙光，
世界到末日，坏极了也有泰来。

古先耶稣告诉人：你们要等待，
白天黑夜，说不定我将要重来；
　在人间受些苦难，都不必悲伤，
天上为你他①造了美焕的楼台。

---

①1933年版"他"为"们"。

信心 ①

风在苍灰的稀发上吹；
水里印着一个好月亮，
靠近柳树摇曳的影子
一位扶手杖的老婆娘。

在小河边一座石碑楼，
年代和名称早记不清；
土堆上一对烛一炷香，
烧着两串云白的银锭。

她双手并和着，静默的
举起虔诚的眼仰望天，
那空白的黄表——在心里
写着一件一件的诉愿。

水上还流着一对烛影，

---

① 1933年版与初版本相同。

一缕青烟在晚风里晃；

亮月下一支细息在说

一个虔诚人深的愿望。

秦淮河的鬼哭 ①

这里人也没有，灯也没有，

只有一团 ② 鬼火，一串骷髅——

在天河的弦子上，有鬼歌 ③

飞过一条荒街，一湾小河。

这里喜也没有，笑 ④ 也没有，

只是一股 ⑤ 凄凉，一束隐忧 ⑥——

在天河的弦子上，有鬼声 ⑦

撼着一片繁星，一个夜深。⑧

---

　　① 此诗发表于《国立中央大学半月刊》1930 年第 1 卷第 7 期，第 1126—1127 页。1933 年版与初版本相同。

　　② 初刊本"只有一团"为"只是一盏"。

　　③ 初刊本"有鬼歌"为"鬼的歌，"。

　　④ 初刊本"笑"为"哭"。

　　⑤ 初刊本"股"为"团"。

　　⑥ 初刊本"隐忧"为"怨忧"。

　　⑦ 初刊本"有鬼声"为"鬼的声，"。

　　⑧ 初刊本此句为"吹灭一天繁星，一宵夜深。"。

葬歌 ①

我贪图的是永静的国度，

在那里 ② 人再也没有嫉妒；

我坦然将末一口气倾吐，

静悄悄睡进荒野的泥土。

让野草蔓长 ③ 不留一条路，

无须遮蔽 ④，我爱的是雨露；

莫要有碑石在坟边刻留，

不生一枝花在我的墓头。

不要有杨柳向着我招手，

鸟莫 ⑤ 须唱，清溪停了不 ⑥ 流，

野虫不许笑 ⑦ 出声；我爱静，

---

① 此诗发表于《国立中央大学半月刊》1930 年第 1 卷第 7 期，第 1126 页。
② 初刊本此处有"，"，且句末"；"为"："。
③ 初刊本此处有"，"。
④ 初刊本"遮蔽"为"幽蔽"。
⑤ 1933 年版"莫"为"不"。
⑥ 1933 年版"不"为"莫"。
⑦ 初刊本"笑"为"哭"。

还有天上的云，云里的星。

我从此永久恬静的安睡，
不用得纸灰乱在墓上飞；①
再没有人迹到我的孤坟，
在泥土里化成一堆骨粉。

---

① 初刊本此处标点为"，"。

丧歌 ①

昨天你还能在稀薄的麻布里动，
寂寞的人间伴你的是一股冷风。
但夜来的雪斩断了你穷鬼的梦，
听银辉的天空里嘹亮的一声钟！

你走完穷困的世界里每一条路，
尝过只留剩一口气的各样痛苦——
你的一生，你永远不变更的容忍
在穷困里，穷困里，做了一世穷人。

大石桥下的小土地庙里，躺着一个乞丐，一只破麻袋
蒙不周全露出骨的肉，污垢的脸，苍白的；还盖了一层破
旧的积纸，风吹来，就掀起声音，南京难得有这样的大冷天，
一夜来鹅毛的雪，把这河山飘得太美丽了。但是这乞丐呢？
他死了。

十九年春，阿梦。

---

① 1933 年版与初版本相同。

马号①

这黑茫茫的夜，有谁

在旷野里向天空吹？

铁蹄踩过战死的仇敌，

鞍子上悬挂着热的血。

这一声声的马号② 我听见；

睁开了我睡不着的困眼。

这灰惨惨的夜，你听③

嘶声里人马的火并。④

这是英雄，英雄的事业，

杀的是弟兄，不是仇敌。

这一阵阵⑤ 的混战，我看见⑥

野鬼的惨笑⑦ 里苍白的脸。

---

① 此诗发表于《国立中央大学半月刊》1930年第1卷第7期，第1127页。1933年版与初版本相同。
② 初刊本此处有"，"。
③ 初刊本此句为"这凄凉血腥的马号，"。
④ 初刊本此句为"鼓起了人马的英豪。"。
⑤ 初刊本"阵阵"为"场场"。
⑥ 初刊本此处有"，"。
⑦ 初刊本"笑"为"哭"。

炮车①

十三尊炮车在街上走过，
人瞪了眼，惊欢这许多；
但更多的是杀不完的人，
每个人几千回的隐忍。

一个炮手坐在炮车上想：
这正开向自己的家乡，
炮弹没有眼睛，胡乱的飞，
碰巧，会落在他的家里。

———————————

①1933年版与初版本相同。

古战场的夜 ①

你不用希奇草莽里爬出人来，
血的金蛇带着光芒穿过海；
那一天你会然茫摔破你的梦，
也猜不透你做了那一家英雄。

你不用拣一块山或是一块土，
随处都是你的家，你的归处；
你憩下来睡着，我告诉你：完了，
什么都齐全，有蝴蝶，还有野草。

---

① 1933 年版与初版本相同。

琵琶 ①

我像听见一路琵琶，
从梦的边沿上走过：
一星跳熄了灯花；
像一支歌，挂在天河。

黄昏天秋风吹着响，
我开眼看见那晚霞；
那部曲我细细端详，
像是真切，又像是假。

①1933 年版与初版本相同。

神威 ①

黑沉沉的云四下升起，剩一抹
淡黄的光在天的边陲流成河；
绿树的背后凝住轻烟，那急迫
一阵风刮动了；像把天盖拉破——
你瞧，在半空掉下那一路闪电，
警示你，像魔爪，霹雳撕裂了天。

那是神奇，启示天的威权无比；
一种惧怕写着——声响，一路光
夸傲他的尊荣；他的伟大神秘，
他一支残暴的手撒下了惊惶。
你怕，这不是寻常平和的黄昏，
金光里的迅雷在你心头翻身。

还有一道"惩罚"从天来，你可怕？
是这刻，尽管让那忏悔忙着爬。

---

① 1933 年版删除此诗。

一幕悲剧①

是黄昏：（散其各走各的方向，）

灰的天，车站的哨子吹着响；

小姑娘一路走着，一路盘算

不曾见过的大哥什么模样？

也巧，二哥今天回来，得见到

他从小不认识的——哥儿两个

投了不同的队伍，不同的道。

迎面来了一个，见着她瞇眼，

凑上去一张粗脸，她叫着"天！"

这儿跳出一个"妹呀？"这才冤，

两下"彭"，两个都栽倒在路边。

老太太慌忙跑出门，昏一下——

原是自己的事：自己的儿子

活着是路人，死后做了冤家。

①1933 年版删除此诗。

第三卷　雁子的歌

"像一团磷火" ①

像一团磷火在旷野里，
我只顾赶着；我看见
你飞，睁着一只媚眼，
就在我面前一点距离。

像一团磷火在旷野里，
我只顾赶着；我望见
你飞，眯着一只媚眼——
忽然一团黑，不见了你！

①1933 年版与初版本相同。

西行歌 ①

我们举起脚步朝西方走，
太阳光在各人的脸上
抚摩；我的心底，像是温柔——
"黑色的窗"透一点红光。

我们走过城市走过 ② 山野，
黄昏展开苍灰的翅膀，
遮住了西天的眼睛；黑夜
落下来，我们走在路上。

---

① 此诗发表于《诗刊》1931 年第 1 期，第 26 页。初刊本诗末有写作时间及地点，为"九月二十夜半小营"。1933 年版与初版本相同。
② 初刊本"走过"为"到了"。

生命

昨天早晨我采了你
　　一朵小小的红花，
插在我的金鱼缸里；
　　今天你好像晚霞
　　在水面飘零。

三条小金鱼只梦想
　　自己的世界，欢喜——
可是那也不能久长，
告诉你：① 不要忘记，
　　天冷，就冻冰。

---

①1933 年版此处无标点。

十月之夜 ①

十月的夜晚，天像一只眼睛，
　　　　孤雁，是她的眉毛；
从天掉下一颗眼泪，是流星
沉在大海里——一息翻花的泡。

那一瞬间的消失，我只觉得
　　　　一闪，还给了深蓝；
生命给我的赞美受着惊骇，
像有着声息模 ② 索我的窗槛。

①1933年版与初版本相同。
②1933年版"模"为"摸"。

你爱①

你爱百合花的柔美，

你爱玫瑰；② 你爱黄河的狂波，

你爱清流③ 的小河；你爱天上的星，

你爱飞萤；你爱春三月的迷雾，

你爱朝露；

你爱浮云

一瞬间的相亲；你爱燕子尾

掠过了水面不再掉回；你爱流星

陨落时一闪的光明；你爱一点磷火

照亮你的骆驼；

你爱白热的心

结成冰；酒涡上的笑

---

① 此诗发表于《现代学生（上海1930）》1931年第1卷第4期，第3—4页。初刊本标题为《无题》，诗末有写作时间及地点，为"十一月八日北极阁"。1933年版与初版本相同。

② 初刊本此处标点为"？"。

③ 初刊本"清流"为"清凉"。

都成技巧；一千个夜晚

一千个梦幻；天真

不许作声！

观音①

你不曾忘掉你的笑容，
大慈悲的眼睛发出金光；
伸出你引渡的手，施舍
给虔人无量求讨的希望。

你不曾忘掉你的缄默，
香火不能熏热你的寒冷；
就在黑夜里也是光明，
你不熄灭的心——长明的灯。

①1933 年版与初版本相同。

雁子①

我爱秋天的雁子

　　终夜不知疲倦；②

　（像是嘱咐，像是答应，）

　　一边叫，一边飞远。

从来不问他③的歌

　　留在那片④云上？

　　只管唱过，只管飞扬，

　　黑的天，轻的翅膀。

我情愿是只雁子，

　　一切都使忘记——

　　当我提起，当我想到：

　　不是恨，不是欢喜。

―――――――

　①此诗发表于《诗刊》1931 年第 1 期，第 21—22 页。初刊本诗末有写作时间及地点，为"十一月十四夜南京"。1933 年版与初版本相同。

　②初刊本此处标点为"，"。

　③初刊本"他"为"她"。

　④初刊本"片"为"个"。

红果①

我看见一个红果

结在这棵树上；许多夜

我和我的爱在这里站过。

我叹一口气，说：

"你长着，还想什么，——

　　　　　还想什么？"

我听见他回答我：

"我没有别的奢望，我只

让自己长起，到时候成熟"；

他指着西风，说

"我等着，等着吹落，——

　　　　　等着吹落。"

---

① 1933年版与初版本相同。

第四卷　长歌

都市的颂歌 ①

你有那不死的精力在地壳上爬，

日长夜长不曾换一口气，你走

走厌了一个年头，又是一个年头，

一切的事情你都爱做，你不怕

要这海填成了陆，陆地往海里沉，

尽管是十八层石屋要你承担，

你全不曾有一点犹豫，什么为难？

大步的踏，不分昼夜，不分阴晴

那圆的圆的转动，一声吼，一股烟，②

终日粗暴的咆哮着那些人手

太慢，为什么还要有思想在心头？

不许你憩下气③找取一点安闲，

这真是荒唐不经的妄想；这儿有

赛过雷雨风暴奇伟的大乐响，

指挥的不叫它有一刻寂寞；海洋

---

① 此诗发表于《新月》1930 年第 3 卷第 3 期，第 122—124 页。

② 初刊本此处无标点。

③ 初刊本此处有","。

也有风浪平的时候，这儿永久

永久是一个疯子不会碰到瞌睡：

赤火火的眼睛，烧着，一双凶爪

只是飞走，① 找各样好玩的把戏耍；

不用问那一刻他才觉到要累——

要累？除非是走没了光，天掉下来，

什么都没有；只剩下一个糊涂，

一个昏暗，一个渺茫，永远的迷雾。

但毕竟这日子还远着，你睁开

眼睛，看见纵不是 ② 青天，也是烟灰

积成厚绒，铺开一张博大的幕，

不许 ③ 透进一丝一毫真纯的光波，

关住了这一座大都市的魔鬼。

你还能见到落下地的一天繁星，④

不论是飞雪，是刮风，⑤ 还是落雨，

正好是太阳给赶走了；——⑥（一群黑鱼

游上了一缸清水上面）在尖顶，⑦

在鱼鳞中间，长蛇的背脊上发亮。

---

① 1933 年版此处无标点。

② 初刊本"不是"为"不见"。

③ 初刊本"不许"为"不要"。

④ 初刊本此处标点为"："。

⑤ 初刊本此处标点为"。"。

⑥ 初刊本无"——"。

⑦ 初刊本此处无标点。

这里少一个月亮，这里并不要，

这里有着时针指着时候，报昏晓，

一根水银告诉人季候的炎凉。

可是那秋春的凉爽永年吹不到

一大队昏湿的 ① 地窖里，没有风，

没有阳光，② 也没有一个幸福的梦 ③

扰乱他们的节奏，不变的急燥。

上帝造下这一群耐苦善良的人，

是生来为这灿烂的世界效劳，

受着安排好的"权威"大力的开导，

完成一个幸福的花园的工程。

尽管你是受着苦难，你没有一刻

好叹一口气；④ 只赶你烧起 ⑤ 汽锅

开唱那部插入云霄进行的高歌，

带走那流水一般"创造"的皮革。

尽管是另外一些人 ⑥ 他们只做声，⑦

叫你做下这工程的一段，别怨

不公平，是不同的种，原也是上天

---

① 初刊本"一大队昏湿的"为"一大排昏暗的"。

② 1933 年版此处无标点。

③ 初刊本此处有","。

④ 初刊本及 1933 年版此处标点为","。

⑤ 初刊本"烧起"为"烧着"。

⑥ 初刊本此处有","。

⑦ 初刊本此处无标点。

安排好，^① 只用心计，创始的功臣。
但天是无偏^② 你们同在一个世界，
不分人我，看着日子一步一步
走近你们，又让日子一层层弥补
这人类的历史不紧要的存在。
这都是从极远的西方渡过大海，
带来了这事业，让自己去经营
一座天堂长年长日^③ 的放出光明，^④
却不是一盏灯点亮人的脑袋；
有的是机器油灌满了一盘心磨
流利的，不会有一天走到迟钝，
都在一杯酒一场笑里静静的等
计划中的天堂那落成的开幕。
这儿才是新的世界，建筑的天堂，
不停的嘈杂，一切圆轴的飞转，^⑤
一回一回旋进了那文明的大圈，
你听阿，那高声颂扬着的歌唱！

八月三十一日，上海。^⑥

---

① 初刊本此处无标点。
② 初刊本此处有"："。
③ 初刊本"日"为"月"。
④ 初刊本此处无标点。
⑤ 初刊本此处无标点。
⑥ 初刊本写作时间为"八月之末，上海桃源邨。"

秋旅

江阴，纵使你衙前的铁锚曾经

刘基安下用长练锁住不教你沉，

可是你却不能，不能钩住我的心

不教它朝着西边远远地引伸；

刘伶巷的怡园留住我，还有

你朋友要我再度再个黄昏；

你说：杜康墓对门有好喝的酒，

多么清新！ ① 这里的夜静得顶深

像死。在清晨秋风吹过白杨

太凄凉，我感到孤独对我埋怨，

庙殿四角上的幽铃清脆的响，

教心熬着难受；荒芜的适园

尽管好，蔓草古树，浓密的迷雾，

但是我的心要着新鲜，要着亮，

要像定波桥下的江潮分开两路

向石堤上咆哮，飞腾，那好像

---

① 1933 年版此处无标点。

一万匹银蹄奔流，对着生命

那热烈，那雄壮，①我比是一只小羊

迷了路，星子下惊惶，等着天明：②

我想见牧羊人四处不分方向

寻他的羊子，比不曾失掉的更爱

更宝贝——我要回去，等不到鸡鸣，

我的眼睛镇夜里望着天睁开，

"快回家阿，乖！"我想着你的叮咛。

九溪十三湾的水流，我不爱看，

还有两岸的绿树；在我心里

不是天，不是江上的水，不是山，

　　　我的主宰，我的乖，是你！

为你，今天早晨我得离开江阴：

江阴，多美一个死寂的古城，

长日长夜只是安详，只是静，

没有尘沙飞，没有烦嚣的市声；

那里斜立着三国时的铜笔塔，

给火烧，给炮毁，低③旧把尖顶

朝着太阳（不，朝天心）不回答

我对它的疑问：像是安宁，

---

①1933年版此处标点为"；"。

②1933年版句末无标点。

③1933年版"低"为"依"。

像是尊严，听着江声，听着风
在白云上写出三千年古国的文明，
启示我向上，崇伟，引我尊重
古老，它的磐石初创时的坚定。
你看童子巷的浅沟流过血，
有过年稚的小儿凭一口气的英勇，
和鞑子拼死，那终天不灭的忠节。
我告你这死城里埋着英雄，
埋着江南的柔美；埋着孔丘
手写的十字碑，大舜走过的井；
埋着忠义，神话；留情的杨柳
在风前遥送他的秋波，① 轻盈。
我登过君山眺望长江的细腰，
在朝山去的路上，我记起南京
北极阁山脚下临河的小路，我心跳
爬上这山巅，望见天空一样的青；
我不能爱着江阴，我要回家！
在此使我想到同泰寺的清钟，
紫金山的云，台城上的晚霞；
还有你，乖，你夜夜只教我的梦
骇怕，在夜半唤起你的名字；——

---

① 1933 年版此处无标点。

来，你的白手臂抱紧我的灵魂，

你锁紧的清眉，等焦的瞳子

看着我，我来了，这迷人的黄昏！

十九年十一月十二晨，江阴。

再看见你 ①

再看见你。十一月的流星

掉下来，有人指着天叹息；

但那星自己只等着命运，

不想到下一刻的安排

这不可捉摸轻快的根由。

尽光明在最后一闪里带着

骄傲飞奔，不去问消逝

在那一个灭亡，不可再现的

时候。② 有着信心梦想

那一刻解脱的放纵，光荣

只在心上发亮，不去知道

自己变了沙石 ③，这死亡

启示生命变异的开端，——④

谁说一刹那不就是永久？

---

① 此诗发表于《新月》1930年第3卷第4期，第78—80页。

② 初刊本此处标点为"；"。

③ 初刊本"沙石"为"灰石"。

④ 初刊本句末标点为"。"。

我看了流星，我再看你，

像又是一闪飞光掠过我的心，

瞧见我自己那些不再的日子：

那些日子从我看见了你，

不论是雨天，是黑夜 ①

我念着你的名字，有着生，②

有着春光一道的暖流

淌过我的心。那些日子

我看见你，我只看着

看着你在我面前，我不做声 ③。

我有过许多夜徘徊在那条街上

望着你住的门墙 ④，一线光，

我想那里一定有你我；⑤ 太息

透不进你的窗棂 ⑥。只有门前

那盏脆弱的灯 ⑦ 好像等着，⑧ 企望

那不能出现的光明；更惨的

那一声低的雁子叫过

---

① 初刊本"雨天"为"清晨"，且句末标点为"，"。

② 初刊本句末无标点。

③ 初刊本"做声"为"说话"。

④ 初刊本"你住的门墙"为"你住着的明墙"。

⑤ 初刊本"有你我；"为"有你；我"。

⑥ 初刊本此句为"你不曾听到"。

⑦ 初刊本"那盏脆弱的灯"为"那盏灯脆弱的"，且"那盏灯"置于上句句末。

⑧ 1933年版此处无标点。

黑的天顶，只剩下我

站立在桥下。那些日子

我又踯躅在大海的边岸，①

直流泪，上帝知道我；

海水对我骄傲，那雄壮

我没有，我没有；我只不敢②

再看见青天③，横流的海④，

影子跟着我走回我的家。

　　这些我全不忘记，我记得

清楚，像就在眼前的一刻——⑤

那时候我愿望

是一支小草，露珠是我的天堂；

但你只留了⑥一个恍惚，

踯躅的踪迹，我要⑦追寻，　　　　，

我不能埋怨天，⑧我等着

等着你再来，再来一次

就算是你的眼泪，你的恨。

---

① 初刊本此处无标点。
② 初刊本"不敢"置于下一行开头。
③ 初刊本"青天"为"海"。
④ 初刊本"横流的海"为"看见天"。
⑤ 初刊本"像就在眼前的一刻——"为"还像在眼前——"。
⑥ 初刊本"留了"为"留下"。
⑦ 初刊本"要"为"想"。
⑧ 初刊本此处标点为"。"。

可是到了秋天，我才看见

一个光明再跳上我的枯梢①

雪亮，你的纯洁没有变更②。

我听到落叶和你一阵③

走近我的身边，敲我的门：

你再要一次的投生④。

　　我本来等着冬来⑤冻死，⑥

贪爱一个永远的沉默⑦；

这一回我不能再想，

我听到春天⑧的芽

拨开坚实的泥，摸索着

细小细小的声音，低低地

"再看见你——⑨再看见你！"

十一月二十五夜半⑩

————————

① 初刊本此处有"，"。
② 初刊本"你的纯洁没有变更"为"没有变更你的纯洁"。
③ 初刊本"一阵"为"一齐"。
④ 初刊本"投生"为"停留"。
⑤ 初刊本此处有"，"。
⑥ 初刊本"冻死"为"冻死我"，且句末无标点。
⑦ 初刊本"沉默"为"缄默"。
⑧ 初刊本"春天"为"青天"。
⑨ 初刊本此处标点为"，"。
⑩ 初刊本写作时间为"十九年十一月二十五夜半南京小营三〇四"。

悔与回 ①
——献给玮德

今夜哦你才看透了我的丑恶

你尽管用蛇一般的狠毒来咒诅

我的罪恶我的无可挽救的堕落

用不赦的刻薄痛骂我的卑鄙

我全都不怕我只怕你

一千回的诅咒里一次小小的怜惜

不要不要我忠诚的朋友你再不要

用一切怜悯的好心收拾我的残缺的

烧尽的灰 ② 没有一点火星再能点得着

我的光明 ③ 我低低的告诉你 ④ 完了 ⑤

感谢上帝给你残忍 ⑥ 你都能

---

① 此诗发表于《诗刊》1931 年第 1 期，第 33—41 页。

②1933 年版此处有"："。

③1933 年版此处有"。"。

④1933 年版此处有"："。

⑤1933 年版此处有"！"。

⑥1933 年版此处有"，"。

用来咒诅我 ① 不纯良的放肆 ②

我只望你拿着麻醉的烟 ③ 顶凶烈的酒 ④

就在这一刻教我昏死不再醒来 ⑤

你大慈悲的宽量不必饶恕我

在这人世间自己找寻的罪恶 ⑥

你的诅咒 ⑦ 你的毒骂 ⑧ 正是我

日夜渴望的 ⑨ 我感谢 ⑩ 我赞扬

你忠心的责备好比一把尖刀

割断我临死的一口气 ⑪ 教我舒快的

睡在我的坟墓里 ⑫ 不再睁开眼睛

看到这太阳晒到的世界里

永远黑暗的戏 ⑬ 完不了 ⑭ 的买卖 ⑮

---

① 初刊本此处有"的"。
② 1933年版此处有"。"。
③ 1933年版此处有","。
④ 1933年版此处有","。
⑤ 1933年版此处有"。"。
⑥ 1933年版此处有"。"。
⑦ 1933年版此处有","。
⑧ 1933年版此处有","。
⑨ 1933年版此处有"。"。
⑩ 1933年版此处有","。
⑪ 1933年版此处有","。
⑫ 1933年版此处有","。
⑬ 1933年版此处有","。
⑭ 初刊本"完不了"为"不完了"。
⑮ 1933年版此处有"。"。

但你是错了 ① 你把我看成一个神明 ②

一个纯洁无瑕的偶像 ③ 你膜拜

一个魔鬼用着虔诚的颂辞 ④

到今天 ⑤ 你看清楚我的真身 ⑥

我的蒙混中蛇蝎一样的花纹

曾经在你可怜的心中妄想过

一个可敬的朋友当你揭开

我的面幕你的惊骇绝望的哀叫

不是不是你喊着你却不能

掉下一滴眼泪哀悼你丧失的臆像

这才是人的真象世界的究竟

欺骗的线勾通了黑暗交给你

一个金光的谎教你枉然欢喜着

人间剩下来的真洁神圣的高超

但终究我是人我是上帝造下来

受着试探无穷的诱惑把自己

一颗宝贵的纯正的心不小心的

让色淫的火烧坏我还蒙蔽着在胸间

---

① 1933 年版此处有"！"。

② 1933 年版此处有"，"。

③ 1933 年版此处有"，"。

④ 1933 年版此处有"；"。

⑤ 1933 年版此处有"，"。

⑥ 1933 年版此处有"，"。

给你久长的相信相信我一点天真

常常为你私心的欢喜我再不能交代

我所该你这一笔无法偿还的债

多少人在不可计算的次数中

叮嘱我告诉我收好我的心收好我的心

我也曾经一千回的醒觉要自己

不辜负这般善良的企望把自己

在这人世间站在另一个位子上

全不为一点小小的试探降服

做一个例外打破这人世的定律

但是我太软弱我终抵不过

那些惑人的甜蜜紧身的拥抱

鲜红的嘴唇舔进我的舌尖只教我

一刻间推翻我的信念我的坚强

都只为一个温柔溶成了水谁知道

那又是假在这人的市场中

我逃不出这项交易我把灵魂

撕碎了交付在罪恶的秤上取回

这一把不能忏悔的污浊

就使你有长河一道的泪流也不能

洗干净这一身的丑恶但如今

你只在远处看我跌进了污垢

你指着我的身上嘶声的咒骂

这应该你要不吝啬你的狠心

为着世界的光明尽量地发泄

你心中对我的厌恨对我的失望

这也抵不过我在你心中一次纯洁的

天神一般敬仰的信心都一齐

给我自己现出真形我本来是

一个好好的孩子有着我的天堂

一路上我遇到豺狼一般的强盗

抢走我的心我只溺在欺骗里

拿到不常的梦虚伪的爱情

哦你听着这才是世界的真实

不变的律没有例外总是

找到顶准的证明罪恶不离开

每一个人不给你想到那里

再有一个朋友不把自己杀死

在女人的怀里你才始知道

孤单永远跟着你没有一天

你能看见你的幻想那些影子

欺了你多少回的喜快只不过

一个不永久的谎语你总得

找到真实不欺骗你没有一处

有过你梦想着的真迹

我告诉你我的好友不用衰悼

我的丧失我是死了

我用一身的罪恶裹着这尸体

睡进黑暗的坟墓里不声响

不再看你一双发光的眼睛

曾经热烈的盼望我的人格

好比金刚烧不化永远的坚强

你当我是一个幻想在你灵魂中

得到了又失掉找不回来

我去了我去了我远远地

远远地离开你只交付你

最短一句嘱咐我的好人我的天

只把我忘记直到你死去的一天

用一口鲜血喷吐出这终天的咒诅

十九年十一月二十一夜南京小营三〇四

第五卷　　留给文黛①

---

① 第五卷中的作品全部为 1933 年版新增。

白马湖 ①

白马湖告诉我：

老人星的忧伤，

飞过的水活鸽，

　月亮 ② 的圆光。③

我悄悄的走了，

沿着湖边的路，

留下个心愿：④

　再来，白马湖！⑤

---

① 此诗发表于《文艺月刊》1931 年第 2 卷第 2 期，第 38 页。初刊本诗末有写作时间及地点，为"一月二日驿亭"。

② 初刊本"月亮"为"日亮"。

③ 初刊本此行开头无空格。

④ 初刊本此句为"一个小的心愿："。

⑤ 初刊本此行开头无空格。

城上的星 ①

你指着西天蓝云底

一点小小的光明；②

你喊，带着轻的惊异 ③

"一颗星，一颗小星！"

我们跑上旧的城垛，

"看，④ 一盏淡淡的灯！"

清朗的从心上 ⑤ 沉落

一个灭亡的回声。

---

① 此诗发表于《文艺月刊》1931 年第 2 卷第 2 期，第 38 页。初刊本诗末有写作时间，为"二十年一月二十七日"。1933 年版目录中"第五卷"中漏写此诗标题。

② 初刊本此处标点为","。

③ 初刊本"惊异"为"惊喜："。

④ 初刊本此处无标点。

⑤ 初刊本"心上"为"心里"。

供^①

我望着你，^② 从这粉白的壁上

映出黄昏时西天的浮云，

我看见春天回到我的心里：^③

白鸽子的笑，翠鸟的碧青！^④

你，我供养着的灵草，吸收了

六月天阳光的热，（那殷红

三瓣小小的叶子灿烂的光）

阳春的杜鹃深夜的悲痛；

我吩咐晨光沐浴你一夜来^⑤

细碎的烦恼，落日的沉默

我对你的忠心有着一样的

静穆，却分明天地的黑白；

让温柔的风拂拭你的尘埃^⑥，

---

① 此诗发表于《新月》1930年第3卷第7期，第133—134页。

② 初刊本此处无标点。

③ 初刊本此处标点为"，"。

④ 初刊本此处标点为"；"。

⑤ 初刊本"来"为"里"。

⑥ 初刊本"尘埃"为"尘灰"。

雾气的萦绕添美了新鲜，

我 ① 不忘记关上了窗门，不许

晚气来和你私自的寒暄；

一支烛光照耀你不变的红，

我低低念着小小的情诗，

香烟吐出的圈围着了你，像

阴天的云，那是我的心思；

你，我供养着的灵草，每一天

告诉我春天的信息 ②，殷红

好比我的私愿；③ 我凝视着你

白壁上 ④ 一株小小的秋枫。⑤

二月三日小营 ⑥

---

① 初刊本"我"为"它"。

② 初刊本"信息"为"消息"。

③ 初刊本此处标点为","。

④ 初刊本"白壁上"为"烛光里"。

⑤ 初刊本此处标点为"！"。

⑥ 初刊本写作时间为"二月三日，小营。"。

太湖之夜①

老天怎样会苍白成这样的光景！②

凭什么：要忍心撒下这些铅白的灰，③

不教浪头驮了闪光在堤岸上撞碎，

留着焦黄的岩石显露它的饥馑？

这气色④够使我想起自己的伤心，

可是黯淡里谁能说阴晦⑤不就是美？

无限的意义写满⑥太湖万顷的青⑦水，

尽是单纯：白的雪，灰天，心的透明！⑧

　　看不见落日，黑夜带来死的寂寞，⑨

---

① 此诗发表于《诗刊》1931 年第 2 期，第 32—33 页。
② 初刊本此句为"老天竟然苍白得像死人的眼睛！"。
③ 初刊本此句及以下两句为：
那种惨：太湖细细的波纹正流着泪，
远处紫灰色的梅苞画上一道清眉，
满山焦黄的岩石露出它的饥馑；
④ 初刊本"气色"为"光景"。
⑤ 初刊本"阴晦"为"晦色"。
⑥ 初刊本"写满"为"都写上"。
⑦ 初刊本无"青"。
⑧ 初刊本此句下方空一行。
⑨ 初刊本此句开头无空格。

尖锐的旋风卷走了 ① 最后的声响；

　灯火也 ② 不能安慰我无边际的惊惧 ③，

我担心着 ④ 孤岛真就 ⑤ 会顷刻间沉没 ⑥——

要不是清晨看见你，雪天的太阳，

　万顷的灿烂，你一双鸟光的眼珠 ⑦ ！

　　　　　　　二月八日无锡 ⑧ 太湖别墅

---

① 初刊本无"了"。

② 初刊本无"也"。

③ 初刊本"惊惧"为"虚惊"。

④ 初刊本无"着"。

⑤ 初刊本无"就"。

⑥ 初刊本"沉没"为"湮没"。

⑦ 初刊本"你一双鸟光的眼珠"为"你的晶光的眼睛"。

⑧ 初刊本无"无锡"。

摇船夜歌①

今夜风静不掀起微波，

小星点亮我的桅杆，

我要撑进银流的天河，

新月②张开一片风帆：

让我合上了我的眼睛，

听，③我摇起两支轻桨——

那水声，分明是我的心，

在黑暗里轻轻的响④；

吩咐你⑤天亮飞的乌鸦，

别打我的船头掠过；

---

① 此诗发表于《诗刊》1931 年第 2 期，第 30—31 页。

② 初刊本"新月"为"湾目"。

③ 初刊本此处无标点。

④ 初刊本"的响"为"跳响"。

⑤ 初刊本此处有"："。

蓝的星①，腾起②了又落下，

等我唱摇船的夜歌。

二月底小营③

---

① 初刊本"星"为"云"。
② 初刊本"起"为"上"。
③ 初刊本写作时间为"二十年二月廿三夜"。

女人摩西的杖 ①

女人，你好比古圣摩西的杖——
法老王前变成了一条毒蛇；②
点化清水的江河流着红血，
指挥一切的灾害，又来收拾；
也击打旷野里坚硬的石头③，
流出那止渴④的活命的泉水；
也曾经劈开红海的路，救了
以色列，沉没埃及军的精髓。

女人，你好比古圣摩西的杖⑤——
天上的虹是你起誓的记号；
你的降临，荆棘中神圣的光，
凶烈的火在葡萄园里焚烧；
你也是多少人生命的粮食，

---

① 此诗发表于《诗刊》1931 年第 2 期，第 34—35 页。初刊本标题为《女人，摩西的杖》。
② 初刊本此处标点为"，"，"一条"为"一根"。
③ 初刊本"坚硬的石头"为"坚固的磐石"。
④ 初刊本"止渴"为"止唱"，且句末标点"；"为"，"。
⑤ 初刊本此处有"，"。

（晚上飞来鹧鸪降满了吗哪；）①

卖耶稣的使徒犹大的接吻，

也就是你：② 你的爱，你的祷告！

三月十三夜蓝庄

① 初刊本无小括号。
② 初刊本此处标点为"，"。

铁路上 ①

你，我，一样的方向 ②
沿了两条铁轨走；
朝着紫金色的山，
吸收晚风的温柔。

经过山冈，绿的树，
新月描上了蓝云。
停了步，我凝望你：
"永不碰着的相近！"

---

① 此诗发表于《新月》1931 年第 3 卷第 9 期，第 76 页。初刊本诗末有写作时间，为"三月二十二夜"。
② 初刊本"方向"为"方面"。

沙漠的歌 ①

那时候我原是好好的，
我说，不要来，我爱寂寞；②
可是你来了，那样快的
一阵大风吹狂了沙漠。

我也得感谢你，你总是
我的沙漠里最后一声
强蛮的疯狂；③你又抛下
这死的平静，阿④，我的神！⑤

现在你说，你得是一支
顶小的风抚摩一朵花；⑥
你是这样去了，轻轻的

---

① 此诗发表于《新时代》1932 年第 3 卷第 1 期，第 154 页。
② 初刊本此处标点为","。
③ 初刊本此处标点为","。
④ 初刊本"阿"为"呵"。
⑤ 初刊本此小节与下一小节合为一节，中间无空行。
⑥ 初刊本此处标点为","。

安下我每粒苍黄的沙。

我只得歌颂你，我的风，
大能的力①，强蛮的美丽；
你的降临，纵使我害怕，
你去了，我却又爱了你。

---

① 初刊本"大能的力"为"大的能力"。

五月 ①

五月的天气静得像一只铜牛，
天上看不见一片走乱了的云，
河边油绿的小麦，艳极的玫瑰，
睡眠的波浪里沉着困倦的心！

纵使太阳忘不掉每一个五月，
可是人，你不许有清醒的永久；
收住你的喉咙不要唱得太高，
美丽的日子静得像一只铜牛。

---

① 此诗发表于《诗刊》1931 年第 3 期，第 73 页。1933 年版与初刊本内容相同。

初夏某夜

你要一个黑色的恐怖的夜，
一条沿河冷僻无人的小路；
我全然明白你，苂苂子，不是
这田塍上只少棵挡路的树？

你挨紧我，亲亲的，为的害怕
水塘里跳出鬼在你的面前——
不要紧，就是我也不生坏心，
叶子早该绿透了，不是春天！

嘤嘤雨节 ①

可不是，一样的亮光？
荷叶上两颗露珠，你和我：
一阵风的缘会圆成天堂，
一阵风的缘会吹破。

可怜的，不许再妄想，
风里面停不住永远的梦；
听，落在水上清脆的一响，
你我② 自己都失了踪。

---

① 此诗发表于《诗刊》1931 年第 3 期，第 72 页。
② 初刊本此处有 "，"。

告诉文黛 ①

告诉文黛，飞，只管飞！
可总不许提到"明天；"
潘彼得从来不知道
有一个"明天"在面前。

也不许说：彼得，我爱你！
彼得的心只是一张
补不好的破网，没有话
能够沾上他的翅膀。

飞，只管飞罢，好文黛！
你还是年青的孩子；
等到别的时候你再
想起，彼得已经忘记。

六月十九雨夜，小营。

---

① 此诗发表于《诗刊》1931 年第 3 期，第 74—75 页。1933 年版与初刊本内容相同，但初刊本诗末无写作时间及地点。

潘彼得的梦 ①

彼得做了一场梦，
在昨天的晚上，
他看见一片落叶
发出一点声浪；②
彼得，我是文黛!
　　彼得的心里
跳出一个奇怪。

但是早晨的钟响 ③
掀亮他的眼睛，
他才醒悟这一夜
在一座古塔顶
挂住他的瞌睡。
　　彼得笑一声，

---

① 此诗发表于《诗刊》1931 年第 3 期，第 76—77 页。
② 初刊本此处标点为 "："。
③ 初刊本此处有 ","。

依旧往天上飞。

六月二十日 ① 是端午，

写给真妮 ② 孩子。

---

① 初刊本此处有 "，"。
② 初刊本此处有 "好"。

给薇 ①

没有一回你不是
抵着头打我的身边
静默的，无顾及的
走远了，渐渐的走远——
　　我望着你。

我是大洋的礁石，
每一次你青色的船
辽远的驶过，翻开
浪头撞扰我的四转——
　　我记得你。

　　　　　　　　　五月二十三日

---

① 此诗为 1933 年版第一卷新增作品。

露天的舞踊 ①

这一片曾经杀过人的刑场，
平坦的黄土，也有美丽的天：
蓝云里的星光，煊红的太阳。

三月的南风吹起杨柳的青，
鼓舞那晒在一条绳的边沿
鲜艳的青春的忧愁的衣裙；

也掀开那清水上细的皱纹，
阳光在波上跳出一层金箭
应和疯狂的舞踊者的脚跟。

第一颗星召回青蛙的亡魂，
挑拨那些隐蔽的影子开演
幽默的舞，唱出黑夜的阴沉。

---

① 此诗为 1933 年版第二卷新增作品。

天光才亮军营的马号吹掉

生与死的曲子，凄艳的舞蹈。

三月二十晨前小营三〇四

只是轻烟①

像十一月的秋深，
荒村，只一缕烟
又轻②又柔，朝天升，
淡——淡到不见。

昨晚看一颗流星
沉下，我祈祷天——
轻风荡过我的心，
亮——又化成烟。

---

① 此诗发表于《新月》1930年第3卷第4期，第80页。1933年版内容与初刊本相同，初刊本诗末有写作时间及地点，为"十二月十四夜小营"。此诗为1933年版第二卷新增作品。
② 初刊本此处有","。